星糞

谷口智行

邑書林

句集　星糞——目次

カバー・扉撮影　造本……島田牙城
表見返し……藤岡裕二画〔熊野灘朝焼〕
裏見返し……藤岡裕二画〔大杉〕

句集

星糞《ほしくそ》

第一章

神涼し

（平成十九年三月〜二十一年）

酒クラヒ寝ルと記せり初日記

寒あかつき長鳴く鶏はめしひとな

のどけしや野良着磯着をならべ干し

一村に日のゆきわたる双葉かな

二月六日　新宮御燈祭　五句

火祭は雨に流れず初桜

御燈祭峨々たる磴をまづ見上げ

五月蠅《さばへ》なす男火瓮《ほべ》なす春の闇

火の塊の鳴沢なせる御燈《おとう》祭かな

御燈祭闇夜が胞衣《えな》を脱ぐごとし

補陀落をはるか磯菜を摘みゐたる

朧夜の波打際のやうな路地

雉追へり王朝びとにあらねども

さ牡鹿の喰ぶる天台烏薬の芽

境内に舟揚げゐたる桜かな

眼下より春筍担ぎ上りくる

柃《ひさかき》の花は喰ひ残されてをり

神涼し紀のわたつみのやまつみの
麩のごとき蝙蝠の子を拾ひけり

吊籠に天魚の開き干しゐたる
虹の輪の中を野《や》猿《ゑん》の移りゆく

野猿＝川や谷の上に張ったワイヤーロープで吊り下げられた人力屋形。自力で引き綱を手繰り寄せて進む。

梅雨晴間硼酸団子でも乾すか

滝口ははるけき壷を睨《ね》むるなり

谷出水仔鹿の屍はこび来る

潮鳴りの午後を交めり天道虫

揉みくだくとき空蟬のこゑ混じる

抜錨にあらず岩牡蠣揚げゐたり

行商も遊行も絶えて熊野灼く

蠑螈《ゐもり》まだゐる空井戸となりゐても

遠ながめして蓮見には加はらず
山の蛾に夜越の雨となりにけり

蝮傷結《けっ》紮《さつ》の藁解けざる

夏布団担架の人に掛けやりぬ

山蛭の足《そく》背《はい》静脈上にゝ《ちゆ》と

落鰻騒ぐよ雨後の川尻に

ありあはせなれどもといふ鹿の肉

葛の崖覗けり身投ぐべくもなく

啄木鳥や二畳に満たぬ墓だまり

猪罠を掛くその中に入りもして

瓜坊の人をこばみて脂こき目

雨やみてより掛稲のしづくせり

にんげんの踵のやうな諸を掘る

踊らむか焼烏賊にほふ浜に出て

股ぐらもしつかり拭いて生身魂

さへづりの炙りをしやぶる寒露かな

長き夜の夢にふることぶみのこと
猫わづかしめりて初時雨とおもふ

葦原の日差片寄せ北吹けり

鼬死す花のやうなる腸吐いて

鮍《かははぎ》の肝喰ふその他海に捨て

氷らざる日向の水の冷たさよ

冠雪の峰々を背に猪捌く

ゐさらひとかうべまがよふ猪の皮

猪皮の裏に血糊の鮮らけし
元いさな捕りに抱かれて七五三

寒潮の満ちくる小さき漁港にも
日向ぼこ潮やつれの男どち

雌《め》猪《じ》の旨さに口を揃へけり

積みに積みたる羚羊の溜糞は

猪が掘る山に埋めたる猪皮を

しどろに酔うて山火事を見てゐたり

第二章

淦《ふなゆ》汲む

（平成二十二年～二十四年）

風花や火《ひ》熨《の》斗《し》すべらす大漁旗

輪注連掛く剖検室の流しにも

放たれし犬雪汁を嗅ぎやめず

那智勝浦町　下里古墳

古墳冴ゆ海を制せし紀の長の

春着の子肩に置く手をこばみけり

若菜打つひねの慣ひを手真似にて

新宮御浜熊野の順に風邪はやる

友人小林努と吾は、

酔ひつぶれ御燈祭《おとう》に上れざりし愚者

春なれや夜鳴き鴉のふえてきて
死んでゐる雉のまぶたに触れてみる

小松菜を洗へば寄り来石斑魚《うぐひ》の子

棒切れのごとき柿苗植ゑゐたり

鮎上る豪雨に切れし河口より
岨攀ぢりゆく紅梅と分かるまで

山桜樹液を土に垂らしたる

引水に小鮎来てゐる廃寺かな

虎杖をもて果無山脈《はてなし》を差しくるる

馬鈴薯植う生き遺されし女らが

とゐ浪の漁船をかくす浜ゐんど
磯竃足蹴に汐木つぎ足して

差潮に鱵《さより》魚紋を立て来たる

密漁の監視兼用海女溜

磯竈にも竈神在します

つま先の鬱血しるき鮑海女

鮊子を遠火に焼いてくれにけり

走り梅雨小ぶりの魳《かます》よく釣れて

梅雨にふやけて蜜蜂の搾り滓

出水禍の田に焼海苔のやうな泥

遠雷や野の踏切に海の砂

野良風になぶられてゐる裸かな

出水後の藻臥し束鮒漁れる

滝水を汲み足して飼ふあられがこ

巖々に巖の貌ある夜振かな

水まぶりとて丑三つの簗瀬まで

隠《こもり》沼《ぬ》の上澄みを蛇泳ぐなり
人知れず庫裡の木箱に蝮飼ふ

風呂敷の掛けられてゐる扇風機

鰻舟コールタールに塗りかため

立泳ぎして見る夕日夏休

「囮鮎アリ⧄」とあるベニヤ板

病葉を踏む音枯葉とはちがふ
蒟蒻の花懐かしき友のごとし

呉れたるは九鬼の伊佐木のせせりなる

火床めく山女料理の朱の膳は

夜の秋揺りつつ充たす肉《しし》醤《びしほ》

人待ちのひねもすを焚く夏炉かな

をなもみや草鞋顔せる兄いもと
常臥しの祖父が稲刈る日を定む

いづれ旨しや猿酒と鶚《みさご》鮨《ずし》

健次忌の豪雨たちまち狐雨

魂棚の螻《る》蟻《ぎ》蚊《ぶん》虻《まう》を愛しめり

生者みな死の許婚者滑子汁

声太う茶粥冷ませと生身魂

平成二十三年九月　紀伊半島大水害　十二句

溢れたる川襲ひくる夜長かな

二百十日湯浴みのごとく淦《ふなゆ》汲む

秋の浜丸木の鳥居流れつく

浸水の畳を積める花野かな

稔田が磧となりてしまひけり

葦の穂のなぶり疵ある護岸壁

川石を持仏となして夜業せる

水禍跡サフランもどき咲きそろふ

屋移りの粥に塩振り鶏頭花

台風過木切《チップ》波立つ鵜殿港

ひよんの実をちさき祠とおもひけり

秋の潮満ち来て浚渫船動く

鉈置いてある秋風の辻祠

糸瓜忌の機上より見る新宮市

老《らう》鴉《や》柿《がき》実れる痼医旧居かな

山芋の上半分を猪が喰ふ

竹伐りてゐるらし山の揺れゐるは

獣糞のなかに通草の種あまた

路地深く老いて健啖冬の雲

干しつらね鱓《うつぼ》暖簾《のれん》といふべかり

大跨ぎして猟犬の糞拾ふ

鬆《す》の立たぬ間に切干にしてしまふ

寒禽の短く鳴いてより鳴かず

仕留めたる猪を猫車で運ぶ

弾丸《たま》喰ひの猪は一等恐ろしと

冬積駆除といふ名の屠殺して

牡丹鍋田芹これでもかと足せり

犬どれも元気猟夫の訃を知らず

山岨に朱塗りの小盆穴施行

歯朶刈女誤射を怖れて下山せる

第三章

霜の花

（平成二十五年～二十七年）

ふくらかにしなふ浦波初しののめ

焼夷弾吊り上げてゐる初景色

かの地よりお骨還りて米こぼす

糊こはき白衣を婆娑と医務始

展翅板あらば春着の子をピンで

初糶の鰆《しいら》乾けば裏返す

貰ひたる伊勢海老海に放ちやる

死者を診に寒の戻りの雪踏んで

満天星の垣に自転車深く挿す

平成二十六年二月十八日、左網膜剥離・硝子体出血により失明の危機あり。
津市東海眼科に緊急搬送、術後三週間のうつ伏せ寝を強ひらる。八句

まならのあめつちに春来たりけり

病《やみ》猪《じし》も梅花黄蓮嗅ぎゆきしか

視野検査表のなかにも春灯

海底は沈木の森西ようず

わが視野を掠むるやうに鳥帰る

鳥の腑に木の実芽吹けることあらむ

蛇崩れの跡一閃に残る雪

似て非なり死と春眠の薄ら目は

黒文字の花や狸の恋ざかり

ぞんぶんに楤の芽喰うて角落す

巻鮨の芯はごんぱち節分会

ごんぱち＝虎杖のこと

蜜蜂を家畜と言うて飼ひゐたる

若菜野に地籍調査の杭を打つ

鳴門海峡　三句

歌ひ出すごとく渦潮生まれけり

燕来てゐるぴかぴかの多島海

船渠跡二番鹿尾菜を干しゐたる

草焼の煤降り来たる灌仏会

強東風にとんと滾らぬ潮汁

発破音朱夏の谷間に谺せり

猪独活の花山の威のしづけさよ

白南風に船出す筵破りかな

乳透けて見ゆ呪《のろん》師《じ》の夏衣

捨てられし錠前のごと蛇交む

木《き》馬《んま》道《みち》盤木の隙に蟻地獄

追酒に浸けてゐたるは炙り鮎

魚相佳き鰧《をこぜ》とならば供へけり

石斛や触れ得ぬものの美しく

桜井の寿司屋。注文した鰹を見て茨木和生先生の嘆かるるに、

あれほどに銀づくりよと言うたのに

草笛も草鉄砲も悪達者

海蘿《ふのり》搔く鮑の殼を圧し当てて

糠塚に田の神祀りゐて涼し

どんぶりといふ出水後の濁り潮

舟骸の鎹《かすがひ》錆びて灼けゐたり

古地図たよりに元禄の噴井まで

蝮の子出水芥にまぎれをり

その下は沈船漁礁伊佐木釣る

茄子刻む音に寄りくる烏骨鶏

鱠《えそ》割いて口を糊してゐたりけり

夏炉焚く穴居の民でありしこと

晩夏とは挽歌の謂か健次亡し

蝮草にて墾《はり》道《みち》の尽きゐたる

蜜柑の葉残暑いきれに巻きゐたり

栗茹でし鍋湯を風呂に足しくるる

嫂《あによめ》の厨菊膾のかをり

櫁咲いて人来人来と猿啼けり

伊良湖　四句

秋暁の波の幾重を杜国の地

昼月ゆ生れしごとくに鷹渡る

蔓荊《はまごう》の実や潮けぶり砂ぼこり

一雨に朱を深めて冬青の実

かの路地を知る人なけむ健次の忌

健次忌の辻々に立つ青をんな

川施餓鬼藁の舟方燃え残る

歩き神憑きたる生身魂となられ

恋の牡《を》鹿《が》角の股数鳴くといふ

秋高し晒し鴉の細りゐて

山落ちの牡鹿よ田泥に足とられ
牡鹿の角月の光を返しけり

然も死者とゐるかに月の縁に座す

巨大蛭めく月光の枯木灘

秋茄子の鱶鰭餡掛けとは奢侈な

潜函《ケーソン》に立ち爽籟を聞きゐたる

猪檻の猪に臥処のなかりけり

飼猪に山羊の乳粥喰はせをり

これぞ死と言はむばかりや路上の猪

猟犬は下市産のクローンなる

捌きをり車に轢かれたる猪を

水霜の土葬墓とは気づかざり

検視とは死者への取材霜の花

捨藁をもて切干の簾編む

川鮒に胡麻付き来たる寒さかな

綿虫や昼飯どきの海の村

炉火は神焔に格のありとせば
棕櫚縄も草鞋も注連も手づから綯ふ

羚羊の糞の両端尖りをり

冬に実をむすぶは哀し冬苺

立枯れの樊《はん》噲《くわい》草《さう》をなぎ倒す

懸鳥の雉よ恋せしもあらむや

年惜しむ牛の檻屋の跡に立ち

廃鶏のつぶし囲みて年忘

第四章

星糞

（平成二十八年～三十年三月）

かつて火は鑽り出せしもの福沸

父子相伝山当ての山初うらら

初詣健次の知らぬ路地を抜け

竈辺はたつきの聖地小正月

寒暁や森に夜《よ》興《こ》引《ひき》をりしころ

山ひとつふたつ向かうは雪嵐

寒紅のことば豊富にして卑し

二月六日　新宮御燈祭　四句

二ン月の草木言《こと》語《ど》ふ真闇かな

御燈祭火《くわ》箭《せん》蠕動してゐたる
上《あが》り子の滑落リボン流るるやう

かまびすし春の粉雪降る山は
御戸代に藤の若葉を踏み込める

佇みて耕人定《ぢやう》に入りたるか

川さうめんとは密漁の鰻の子

流木に喰ひ込む砂礫浜大根

擲ちし炬火のごとくに雉走る

串本は陸繋砂洲《トンボロ》の町鰆東風

しじみ蝶風倒木にひらめける

海女の子が流木第一発見者

産卵の鯎《うぐひ》来てゐる川の色

人来鳥ことあれかしと囀すなり

くまのざくらのあはきくれなゐ赤黄男の忌

おのづから花を散らせて花の雨

片割の足跛《ひ》く鶴の番かな

うららかや妣を辿れば神話まで

散るさくら森の木の間を流れゆく

春宵の水甕健次の量《かさ》とおもふ
そのやうに見れば茂の獣道

草刈女うさぎの内耳持ちゐたる

東大をねらふ少年らと田植

うしろ手をしてくちなはを蹴り落す

槁木の洞雷鳴をとよもせる

四這ひに草を喰ふまね春夫の忌

追河の魚道にせむと岩穿つ

五十集屋《いさばや》に小鯵の連を贖へる

平成二十九年六月

明治末以来の淡竹花咲けり

水無月の山のにほひとなりにけり

まらうどに洪水吐きの夜滝見す

木の股と根の国通じゐて涼し

筒鳥に耳澄まさめと立ちどまる

よだち雲西へ西へと回りけり

峠灼く行路病者の霊寄りて

青大将真蜱に覆はれてゐたり

雷の夜の往診草鞋銭もらふ

葭切や民の歎きもかくありき

いかづちもをろちも霊《ち》なり秋津島

縄文の代より実りの秋忙し

豆腐屋が来れば蜩鳴きはじむ

健次忌の駅裏に貨車つなぐ音
国つ神その末裔として踊る

踊子ら秋海棠の花のやう
飲食に哭きいさつるも生身魂

無社殿の神を祀りてさやけしや

吉野「弥助鮨」四句

霧の濃き伯母峰越えて弥助へと

健次登志夫対談の宿小鳥来る

歌女鳴くを地下の鯰も聞きをらむ

下市弥助古座川産の落鮎出す

河口より風の生まるる厄日かな

潮泡の縁取る田居も野分あと

秋高し紀を割くなゐの振るなゆめ

沼空の忌や噎せ枯れの杉木立

夜々月の盈《えい》虚《きょ》記して逝きにけり

月の家暗きところは暗きまま
書きあぐねゐる長き夜の妖怪論

草《さう》莽《まう》の医も句もよけれ酔芙蓉

沖荒にしてほつかりと後の月

錯綜のなか一線の烏瓜

ふんだんに星糞浴びて秋津島

奥宮の鹿里宮にきて鳴けり

冬がすみ迦《か》具《ぐ》土《つち》生れし日もかくや

ごを焚けば土器《かはらけ》色《いろ》のつむじ風
猟犬の仔なれ狼鳴きをして

山祇に猪の頭を返しけり

手焙りの香具師は伯耆《はうき》の流れとか

九絵ええのあるでと魚荷飛脚来る

罰《ばち》山《やま》に山の神在すしぐれかな

猟犬の糞をほぐして閲しをり

狐にはちよつかい出すな狸にも

木の股に懸けてゐたるは猪の腸

あすよりは記憶のなかの雪うさぎ

虎河豚の免料理屋のごみ溜の

狩《かり》詞《ことば》話せり熊に聞かれぬやう

焼け岩の鳴沢なせる山の火事
風交じる雪か雪交じる風か

羚羊のほのかに現れて消えにけり

阿《あ》那《な》多《た》能《の》志《し》積める年木の軋めくも

神ときに草をよそほふ冬の月

三百十八句

句集 星糞

三百十八句　畢

あとがき

本書『星糞《ほしくそ》』は『藁嫞』『媚薬』に次ぐ第三句集である。平成十九年三月から平成三十年三月までの約十二年間の作品の中から自選し、三年括りの編年体で四章に分けて纏めた。

集名「星糞」は〈ふんだんに星糞浴びて秋津島〉から採った。星糞（＝星屎）は秋の季語「流星」の傍題で、宇宙塵の一つが燃え切らずに地上に落ちた隕石のことである。

私はある時期、那智勝浦町八幡神社の社務所で毎月一回開かれる「古事記を読む会」に参加した。

『古事記』が大和朝廷における国家統治の正統性を国内に知らしめるべく記されたことも、その多くの神話や事象が日本列島の火成活動と結びつけて考察されていることも承知していた。

しかし、いざ『古事記』を学んでゆくと、登場する神々（のイメージ）が夢寐《むひ》に現れ、火山噴火や熔岩流、噴煙、火山灰、豪雨、山体崩壊、津波、台風、隕石等に日本列島が無防備に晒される影像が映し出されるのだった。集中に〈長き夜の夢にふることぶみのこと〉を収めた所以である。

よってここでは、『日本書紀』における表記「秋津洲」ではなく、『古事記』の表記「秋津島」が私の意に適うものであり、また「流れ星」「隕石」ではなく、『和漢三才図会』に見られる「星糞」でなければならなかった。

こうした自然災害のみならず、私たちの祖先は鳥獣、草木虫魚などに対しても自然の恩寵と畏怖を抱き、そこに篤い信仰を見出して来たのである。


ご多忙の中、十句選を賜った「運河」主宰茨木和生先生に厚く御礼申し上げます。

また本書刊行にあたり、装幀その他のご配慮を頂いた邑書林の島田牙城様、一方ならぬお世話を頂いた黄土眠兎様に感謝の意を捧げます。

令和元年 皐月朔日　夜雨の熊野にて

谷口智行

谷口智行　たにぐち　ともゆき

昭和33年　京都生まれ、和歌山県新宮市育ち
平成5年　大阪の高度救命救急センターを辞し
　　　　現在地で「谷口クリニック（外科・整形外科・内科）」開業
同年　　「熊野大学俳句部」入会
平成7年　「運河」入会、茨木和生に師事
平成11年　「運河賞」受賞、運河同人
平成12年　第八回「深吉野賞」選者特別賞（宇多喜代子）
平成16年　第七回「朝日俳句新人賞」準賞
同年　　三重文化賞奨励賞
平成24年　「運河」編集長
平成30年　「運河」副主宰兼編集長

俳人協会会員　日本文藝家協会会員　大阪俳人クラブ会員

句集『藁嬶』（H16）、『媚薬』（H19）
エッセイ集『日の乱舞／物語の闇』（H22）
共著『女性俳句の世界　第五巻』（H20）、『俳コレ』（H23）
エッセイ集『熊野、魂の系譜』（H26）
評論集『熊野概論　熊野、魂の系譜Ⅱ』（H30）

三重県南牟婁郡御浜町阿田和六〇六六
〒519-5204　TEL・fax　0597（2）4391
E-mail k4yw8bbr@ztv.ne.jp

＊書名星糞＊著者谷口智行＊印刷日二千十九年十二月十日＊発
行日二千十九年十二月二十日＊発行人島田牙城＊発行所邑書林
＊発行所住所郵便番号六六一の〇〇三三兵庫県尼崎市南武庫之
荘三丁目三十二の一の二百一＊電話〇六の六四二三の七八一九
＊メールアドレスyounohon@fancy.ocn.ne.jp＊印刷製本モリモ
ト印刷株式会社＊用紙配給株式会社三村洋紙店＊頒価二千八百
円プラス税＊書籍コード九七八の四の八九七〇九の八九七の五